第35届
青春诗会诗丛
《诗刊》社/编

槐树开始下雪

敬丹樱 著

南方出版社
海口

图书在版编目（CIP）数据

槐树开始下雪 / 敬丹樱著 . -- 海口：南方出版社，2019.8（2019.10 重印）
（第 35 届青春诗会诗丛）
ISBN 978-7-5501-5576-3

Ⅰ . ①槐… Ⅱ . ①敬… Ⅲ . ①诗集 - 中国 - 当代 Ⅳ . ① I227

中国版本图书馆 CIP 数据核字 (2019) 第 157167 号

槐树开始下雪
敬丹樱 著

责任编辑：高　皓
特约编辑：李　点
装帧设计：史家昌

出版发行：南方出版社
地　　址：海南省海口市和平大道 70 号
邮　　编：570208
电　　话：0898-66160822
传　　真：0898-66160830
经　　销：全国新华书店
印　　刷：阳谷毕升印务有限公司
版　　次：2019 年 8 月第 1 版
印　　次：2019 年 10 月第 2 次印刷
开　　本：787mm×1092mm　1/32
印　　张：5
字　　数：128 千字
定　　价：40.00 元

目录
CONTENTS

辑一 原谅我爱着你

太小了 003
纸上春天 004
二泉映月 005
十面埋伏 006
想念 007
诗 008
日干禾草甸 009
浮世 010
给你 011
删 012
那些花儿一样的名字 013
此山 014
死当 015
牡丹 016
芦苇荡 017
一些雪 018
悲伤 019
时间 020
小狐狸 021

更小的国 022
钓 023
故乡之远 024
情书 025
锈 026
时态 027
厌倦 028
冬至 029
葵花朵朵向太阳 030
健忘症 031
一路向西 032
死亡公寓 033

辑二 落日的偏心眼

日暮 037
橘子灯笼 038
白桦林 039
与女儿读《三别》 040
某某症候群 041
听 042
玉门关 043
轻轻 044
贝加尔湖畔 045
雨夜 046
穿粉衣裳的稻草姑娘 047

异乡人　048
　　春天里　049
　　小茉莉　050
　　苹果园　051
是凉薯，也是番葛　052
　　恩达羌寨　053
　　羊之歌　054
　　姐姐　055
　　睡前书　056
　九龙村的秋天　057
　　野地瓜　058
　　羊奶果　059
　　核桃树　060
　　樱桃核　061
　　醪糟　062
　　　野　063
　　绕行　064

辑三　坐在屋顶听风

　斯卡布罗集市　067
　　暮晚书　068
　　野水塘　069
　　蓝花楹　070
　　观猴录　071
　　青梅花　072

003

咬 073
雀子湾的松果 074
柴楼上的秋千 075
春火车 076
清明 077
白鹤嘴的初夏 078
老龟 079
九月 080
天主教堂 081
栈桥 082
我们去看稻子吧 083
藏谜 084
时间软壳 085
卷尺 086
分手信 087
屋檐下 088
门前的老杏树 089
后山的柏树 090
告别 091
火车窗外的白鹤 092
少女阿乔 093
昭觉寺车站 094
铁轨上静坐的女人 095
车厢里的棉 096
洋芋花 097
蚂蚁与迷宫 098

豆娘 099
陶艺课 100
高粱地 101
霜降 102
金山寺 103

辑四 她在废墟种花

叙利亚，盲童在歌唱 107
星星 108
雪路 109
名字 110
有寄 111
母亲与蜡梅 112
弧度 113
槐树开始下雪 114
小寒 115
含羞草 116
萤火虫 117
小雪 118
口琴 119
姐妹 120
母亲 121
疯女人 122
听海 123
麻雀 124

西湖听雨　125
鹅蛋勋章　126
养马峡的白马　127
暹罗斗鱼　128
冬天的树　129
击水　130
葬礼　131
父亲，新米与省略号　132
百草枯与柿子树　133
画蝶　134
断桥　135
在镜湖　136
而祖母只是一个名词　137
想起那只猫　138
斗草　139
采薇　141
那么多的棉　142
废纸篓　143
裁缝铺　144
绣蝶　145
八年　146

辑一 原谅我爱着你

太小了

绿荚里的豌豆太小了
山坡上的紫花地丁太小了
蒲公英的降落伞太小了
青蛙眼里的天空太小了
我站在地图上哭泣,声音太小了
原谅我爱着你,心眼太小了

纸上春天

用十万朵羞涩的蔷薇
拼出人间四月天。奈何笔尖太细
春,一戳即破

二泉映月

一个词,是否宽广到足以
容纳一把二胡的悲伤。江南忽然暗下来
桃花只开了半朵

试图用月光嫁接
一片光明。剩下的半朵在梦里
熬红了眼

十面埋伏

四面楚歌,都是乡愁的陷阱
攥紧最后一块浮木
从水路泅渡。田埂之上,细数谷穗胎音的少年
还噙着明晃晃的笑
一切都已太晚。只能裹在阴谋里
别剑,别马,别姬……

想 念

是草莓，葡萄，芒果
或者霜后的柿子。而说起浅秋，脑海总是无端闪过
老屋的核桃树

这让满枝核桃无所适从
以至于突然，恨起自己的坚硬来

诗

身体一分为二
一群小妖与一座寺院，比邻而居
她们自左心室出发
朝圣。自顾自唱出跑调的梵音
灵魂里种下菩提的人，才配引领她们。先抵达佛光
再反刍春天

日干禾草甸

乌鸦飞倦了，苍鹰也飞倦了
电线上栖满了心怀远方的音符。落日熔金
牛羊熔金，麻雀熔金
一个人来了，一个人走。在日干禾草甸，最抒情的方式
就是一个人
静静地往身上贴满金叶子

浮 世

为鹅毛目测理想,与落叶
交换宿命
置身黑暗的河流,爱与恨被推向潮头浪尖
俯瞰的风景充满危险

我们是随波逐流的顺民
在上游和下游之间
摸索鼻息微弱的渔火,为一处安身立命之地
反复
搬运自己

给你

我情书起句的称呼
我墓碑末尾的落款

删

整个下午,她一直在写
写到故土,乡愁就近了;写到理想,梦就碎了
她不敢写到爱。她删除
让尾鳍忘记水域,让翅膀忘记天空
让信徒
忘记十字

那些花儿一样的名字

脚印只有三寸
一步,开一朵莲。低眉顺眼
前半生把一个男人的名字
贴在心口,后半生把另一个男人的名字
举过额头

身为花朵
从未被院墙外的春天垂怜
平淡无奇的闺怨,就连戏文也不愿
立传

风路过祠堂,翻开蒙尘的残卷
幽幽念出——
王张氏,李杨氏,刘周氏……
姓氏后面那些花儿一样的名字,从年轮里
集体走失

此 山

此山空旷。晴也一日,雨也一日
流泉与飞瀑皆有以身赴死之举,辨不清谁比谁壮烈
偶遇飞雪
或应远其美而悯其痛

山中有庙宇,僧侣常有而隐者无多
云朵无旁骛
反复洗濯以独善其身

清风去来,不过随性所至
明月闲闲地,淡淡地,照或者不照。身在此山
我看不见我

死 当

囊中空空,再也掏不出新意
这些年
一次次苦笑着前后脚走出的你,我,他
究竟兑换了什么

风景仍在别处
我们发现风景仍在别处

而当铺已改朝换代——
梅兰竹菊,琴棋书画,心肝脾肺
孝悌忠信……
这些光芒四射的死当

多少回,我们捧着足以赎回它们的资本
从梦中哭醒

牡 丹

还不曾细细理妆
便已摄取了荡漾在春天的大部分魂魄
太香艳了
一个眼神就能让半壁江山
花粉过敏,一个喷嚏
就能令整座王朝颠簸马背
高屋建瓴。第一片瓦没能做到
明哲保身,接下来
哗啦啦的脆响
在历史的回音壁此起彼伏
有人唱罢衰草寒烟,裹一床大红缎面
宿醉
梦回大唐

芦苇荡

风是弹花铺灰心的学徒
他埋头造雪
他把白茫茫的惆怅,弹得到处都是,他说孤独
是一把不称手的小竹弓

一些雪

一些雪酝酿，一些雪铺呈，一些雪删除

一些雪抱团取暖
一些雪郁郁寡欢

一些雪饮醉，一些雪思考，一些雪落泪，一些雪燃烧

一些雪捧出微笑，走下高坛
一些雪回望苍穹，与神对话

一些雪替代一些雪，一些雪埋葬一些雪

悲 伤

锁孔里一晃而过的春天
越来越陌生
我的爱不被你,而只被路过的风声
确定

时 间

春水喧哗是后来的事
这满地碎雪
煎茶亦可,煮酒亦可,酿蜜亦可

樱桃树下,肉身的矮房屋等待修缮
灵魂的旧衣衫还需缝补
力所能及,无非遗忘柔软的南风,放生多情的月亮
打翻忠贞的镜子

碎雪满地,一碰
就化了。春水喧哗,是后来的事

小狐狸

从眉梢到心头,长句也愁
短句也愁,春夜千宗痼疾,皆无良药可医

树下听雨的马匹眼神迷惘
三杯薄酒入喉,头顶的糖灯笼
耳垂滚烫

花影疏狂,而陷阱湍急。我就要藏不住尾巴了
我必须跳下去

更小的国

我有一个更小的国
蚂蚁蜗牛,芝麻绿豆,菱角浮萍
统统奉我为君。盖因小国太小,疏于纲常礼教
下谕我国臣民,不必
整衣冠
呼万岁
慎言行

泥土搭建的宫殿
我时而匍匐,时而奔跑,时而聆听,时而微笑
我胸怀万顷宠爱,苦于
挥霍不完

钓

乔装后。诱惑潜入更幽谧处
耽于自由之梦,鱼群忽略来自岸滩的长久注视

池中风光不是主线
我始终相信真相错生青面獠牙

而鱼竿是古老浮桥。风来时,鱼钩恍惚。温水里的青蛙
听见了爱的颂歌

故乡之远

多少熟悉的植物在他乡
更名换姓
与根须有关的片断呈絮状,这些蒲公英的种子
微渺飘忽,萍踪难定

际遇枝枝蔓蔓,于红尘布下巨大的网
有人钩挂攀援,游刃有余
有人试着在今我故我间自如穿梭,每每从一个空洞
跌入另一个

秋压在心头,远山薄成幻觉
无计可消的一群抱团仰望。作为解药,月亮治标
不治本

情 书

适合发生在冬天,邮箱是红色的
地址陈旧,却不曾废弃。单车后座堆满孤寂
而铃铛
依旧耳聪目明

适合用很纯的蓝
很细的笔尖,很白的信纸。书写时,节奏要缓慢一点
阅读时,声线要忧伤一点

置景对比要强烈一点
窗外飘满雪花,而心里,藏着火焰

锈

暮色涌动。你的杯子
泛起黑暗之水
漫过钟表,漫过爬满青藤与蔷薇的城

无数次剥开硬壳,向柔若无骨的事物
投放艳羡的目光
而我未经锻打,是一块把不痛、不哭误读为坚强的生铁

灼灼刀锋皆入梦
技艺精湛的铁匠没完没了
拉扯杜撰的风箱,烈焰在熔炉中嘶吼
终于化了——
一滩盐分偏重的水

时钟从不踌躇。从记忆的废墟爬出
我瞥见自己浑身锈迹

时 态

那时
我们用同一个形骸呼吸
把理想写遍山川,锦缎,花朵和日历
像爱惜玻璃那样小心翼翼

后来
我们在同一个杯盏啜饮
看着相互赠予的柴薪,变成烽火,化为灰烬
最后被秋风吹散

再后来
我们抱着同一个病症哭泣
各怀心事,对着镜子撒谎,用大大小小的秘密
填补时光的漏洞

现在
我们仍在同一张蓝图展望
并对它身上的斑驳锈迹置若罔闻,睁一只眼
闭一只眼

厌 倦

灌木丛越长越矮，路越走越窄
调子越起越低，家园越捂越小，风越吹越空
悲伤，越写越浓
唯有吞咽教人愉悦。我胃口大开，吃下天空的泪，虹霓的色谱
披着白霜的月光和故乡

胃变成一只喂不饱的饕餮
搜寻着所有可食之材。我不停不停地吃
吃下时代给予的恩宠：钟形的训诫，弯曲的光束，圆弧状的赞美
还是饿

天！我居然从湖水中发现了自己：
偶然的笑容，呆滞的眼神，幻听的耳朵，百无一用的良心
啊，太美味了！我舔了舔手指

冬 至

此时莫提月光
风声那么紧,怎能听见月牙在枝头唤冷
莫提蜡梅,骨朵噙泪也好,含香也罢
等的都不是我

莫提酒。烧酒锋利
是直戳心窝的刀子,狠,并且准
醉话颠三倒四,绕不开的
是个痛字

莫提羊。这时令的祭品
绵软的肉质,奶白的汤汁,和我们张开的心脏
一样无辜

最长的冬夜,辗转难寐的人需要一盏灯
世界,需要一场温补

葵花朵朵向太阳

书上说，近朱者赤，近光者亮
老师说，葵花朵朵向太阳

教室里的蟹爪兰、昙花、木槿、马蹄莲们
纷纷向葵花取经

喜阴的，暗暗自责
怒放于夜的，耻于出身。为练旋转大法
有的
差点扭断脖子

健忘症

我记得核桃树上的苞谷串
茧笼上的老蚕,屋檐下的秋千椅,筐箩里的花布鞋
灶膛的罐罐饭
掌心的野地瓜,马奶番茄和桑泡儿

记得无数个她从山梁背回的晨昏
记得每条通往德阳市中江县龙台镇双龙乡九龙村四组的路

她全忘了。她总是摸不清
卧室的方位
在住了一辈子的院落,每天无数次地徘徊

一路向西

风睁着智者的眼
目送牦牛找到甘泉，羔羊找到细皮鞭
秃鹫
找到天葬台

就像转经筒找到朝圣者
就像舍利子
找到佛陀。命数里，万物各求所得，各安其所
我把沉默楔进石头
任青稞酒打磨，酥油灯抛光

亲爱的牧马人。想起你
苍黄的歌声遗世孤悬，我看水不是水
看山
不是山

死亡公寓

同一屋檐下,你耳中的鸟鸣和我是一致的
无需交换眼神
我们不约而同屏蔽了弦外之音
空气是沉闷的。灰尘很厚,不在餐桌,沙发,眠床
不在
我们的视野

蓝图锁进檀木箱,我们搭伙
为谷米稻粱出谋划策,打造黄金的真身
在年轮的九曲回肠,我们兜兜转转
找不到出路;在时代的迷走神经,我们紧握高效麻醉剂
倒戈相向
也曾发出过呐喊
却被优质的隔音玻璃悉数驳回

乐声落,群鸦起
多像一场盛宴的前奏。而玻璃缸里
游来游去的鱼充耳不闻
它们在直径以厘米计的相对自由里,音符般循环往复
作为最小的智者
它们深知这座年久失修的公寓,不过是一具
透明的棺椁

辑二 落日的偏心眼

日 暮

鸟声呼啦啦栖落小院,又扑棱棱缀满枝头。
光眷顾了我。我站在尘世中央,像神的孩子。

美好的事物来得多晚,都值得原谅。
枇杷树已经挂果,最闪耀那枚,是落日的偏心眼。

橘子灯笼

"你看见了什么？镶满钻石的星空？深蓝色的安慰？"
"刺猬把山果都运回家了吗？就连鸟声，也在风里冻僵。"

"在夜路上走着的，都是怕冷之人。"
"那么多纸张都选择沉默。冬天，会为我另起一行吗？"

"你知道，人间，需要留白……"
"呃，我是说，如果……如果我有橘子灯笼。"

白桦林

天空纤尘不染,就像鸽子
从未飞过。雪铺在大地,只有旷世奇冤
才配得上
这么辽阔的状纸

树叶唰啦啦响,墓碑般的树干上
两个年轻的名字已不再发光。从来都是鸽子飞鸽子的
雪下雪的

与女儿读《三别》

从《新婚别》《无家别》读到《垂老别》,
从《垂老别》《无家别》读回《新婚别》。

她的声音,好似刚剥开的春笋。
她不断纠正我的发音:平翘舌音。边音鼻音。前后鼻音。

哦,孩子,我走神了。
我想起了生活在电话里的,你父亲。

某某症候群

去爱你的掌声,去赞许的目光中求取真金。
我要在雨声里洗手作羹汤。灶台归我,锅铲归我,餐桌归我
汤勺归我。

我不清扫落叶。
我要院落歇满麻雀。

听

蛛网深处，星空宁静
你仔细听，有理想的蜗牛，举起一盏灯笼花沿着南瓜藤
慢慢爬

窸窸窣窣的，是囿于钟表的秒针
受困于茧的蚕，被铁锈拖垮的铆钉。你听
雨打浮萍，茅屋为秋风所破

接下来，重金属时间：
稀粥沸腾，机床轰鸣，动车呼啸，洪流嘶吼
铁马金戈
梦中酣战三百回合

生就陀螺命，会选择咬紧牙关
声嘶力竭喊着的，是生活，这条因抽打而逐渐亢奋的鞭子

你把耳朵捂住吧

玉门关

她不说话。她用竹签给毛衣打结。
她不抬头。她用笔尖给句子打结。

她不出门。她用酒水给肠子打结。
她不回家。她用烟头给皮肤打结。
……

她不点灯。她用挂在房梁的绳子,给脖子打结。

轻 轻

轻轻走路,轻轻吃饭,轻轻说话
就连打喷嚏和磨牙
也是轻轻的。母亲说过,是鸡蛋,就要活得小心翼翼

但,这一次……
我眉头微皱。我刚踩死了只蚂蚁
我成了泥石流,沙尘暴,飓风和海啸

贝加尔湖畔

别来无恙?
白云,白雪,白桦,白驼,白浪花
深深浅浅的蓝

我发誓——
慢下来的晨昏里,迷恋,采摘,沦陷,都是情不自禁的

收到了吗?
那是一封致歉的长信

雨 夜

我裹在草绿色的被子里。
窗外大雨如注。睡不着的牧人,拉着忧伤的马头琴。

哦,我不要听,我就要发芽了。
草原如此辽阔,我腾不出时间揉眼睛。

穿粉衣裳的稻草姑娘

姑娘,那是去年的衣裳吧?那粉,月光也辨不清了。
姑娘,我有个稻草人偶,也爱穿粉衣裳。

为了前程,她心上的锡兵上了战场
听说一条腿被炮火轰断,从此不明去向。姑娘,你和她一样总望着远方。

姑娘,下露了。
我的粉衣裳,给你披上。

异乡人

戏台上戴枷的苏三
哭花了妆
你骑在树上,撸一把槐花
堵住外地口音,你指给我看绣了金边边的乌云
鼓点如雨
把苏三送出了洪洞县

春天里

蝴蝶停在花上,花停在春天里
翅膀扇动,分不清是蝴蝶的翅膀还是花的翅膀
对着光线
我举起相机拍啊拍

这美,复杂得要死
我停在你相机里,危险得要死

小茉莉

火车是慢的,时间是慢的
美是慢的。她回头望望空荡荡的站台
暮色四合
小茉莉在手腕将开未开

苹果园

挑中糖分最足的果实
雀鸟迅速撤离。父亲学不来雀鸟的洒脱
他想替苹果安上翅膀
他想阻止富含糖分的生活,接二连三砸在地上
他的腰身愈显佝偻
他卷起衣角
他埋头,把圆滚滚的苹果擦得锃亮

是凉薯,也是番葛

喜欢叫它地瓜,像外婆唤我小名
喜欢蹲在菜地,等第一茎嫩芽顶破泥土
喜欢把满园碎花
看成蠢蠢欲动的蝴蝶

喜欢对着锄头祈祷:偏一点,再偏一点
喜欢日子劈开两半,伤口都是甜的。喜欢心满意足捧着肚皮
听童年传来白生生的脆响

喜欢外婆菜园一样年轻
唤我小名,指尖轻轻戳我的眉心

恩达羌寨

率先打破寂静的
是枝头的柿子
愣头愣脑,砸中蜷在树下的白猫
歇息片刻,灰雀重新启程,在吊脚楼和天空之间
标上逗点

把苞谷串从屋檐拖下来
慢慢剥,时间是金黄的颗粒,从阿婆指缝脱落

板凳空着,桌子空着,院落空着
四面青山
拥着一座空城

羊之歌

我们敲着杯盏忘情地唱
　"我愿做一只小羊,跟在她身旁"
唱"举起鞭儿轻轻摇,小曲满山飘"

蒙古包外,羊儿三五成群
吃草,饮水,晒太阳。喝下几口热腾腾的羊肉汤
我们接着唱——

"我的温柔,是你的牧场"

姐　姐

弓起身子，搂柴、挑水、剁猪草
屋里屋外都是你
写作业避开你，你的书本关进箱子，再不能重见天日
玩也避开你，怕触碰你长满厚茧的手指

只有在暮色的掩护下
才敢偷偷打量，一根风中的稻穗
眼里从未熄灭的火苗，总让我想起院子里的石榴树

你知道的
每粒石榴，都藏着火种

睡前书

她还那么小
小鼻子,小耳朵,小眼神
前一秒,她嘟着小嘴生闷气
后一秒,她紧紧搂着我,一枚青幽幽的柚子
搂住了她的枝子
现在,整个世界就在我怀里
现在,我不出声。不会有人看出我有多害怕
怕她酸,怕她涩
怕她越来越甜。怕她翻身,怕她松开我
像柚子
松开她的枝子

九龙村的秋天

西风穿过骨缝,桂花婶
踩着霜粒进了菜园
扶着叶片紧裹的莲白,轻轻挥起菜刀

女儿十岁上被拐,她不觉得疼
丈夫前些年去外省挖煤,脚板苕一样埋在井下
也不觉得冷

霜后的莲白多甜呐
屋顶上空,很快便会升起薄薄的炊烟
田野空茫
有的绿着,有的荒着

野地瓜

"六月六，野地瓜熟；九月九
野地瓜朽。"教我童谣的廖英十几岁远嫁河北藁城
听说大儿子已经结婚

廖英说，野地瓜要分公母
公的能吃
母的，有毒。在癫巴石，她发现过野地瓜王，洋芋那么大
被我几下捣成了浆糊

暮色里，她眼中射出的利箭
至今还在追赶

羊奶果

外公坟前,羊奶树淡淡地绿着
我跪在鞭炮声里
把纸钱往火堆送。母亲念念有词:保佑这个,保佑那个……
外公是老实巴交的石匠,大饥荒死于水肿

我并不悲伤
我没吃过羊奶果,也不知道外公长啥样

核桃树

外婆转到哪,我哭到哪
哭过核桃树,一屁股跌坐在门槛上
接着哭

挂满苞谷串的核桃胯子
轰然坠地。留下碗大个疤,外婆指着白森森的疤口
说我哭断的

那一季,核桃挂了满枝
我望酸了脖子,一个都没敢吃

樱桃核

母亲最爱吃樱桃,红的吃,黄的也吃
多酸都不怕。我也吃,连续两颗樱桃核滑下肚
五魂吓丢了三魂

捂住喉咙使劲往外抠。母亲笑着说没事
过几天就发芽,明年春天吃樱桃,就摘我头上的
整个春天
我的担心,都悬在半空

醪 糟

婶儿从坛子里舀出醪糟摆上来
桌上你一调羹，我一调羹，大斗碗很快见了底

弟弟缠着婶儿又舀一碗，撒上白糖
躲在灶房吃独食
捧着圆滚滚的肚皮，回家的路，被弟弟走得歪歪扭扭

姐姐，晃得厉害呢
姐姐，快来帮我，把路按住

野

沿着既定的轨迹埋头赶路
一天,就是一生。野旷天低,丝巾飞起来——

一簇秋枫,一截云霞
一段不肯被掸落的烟灰,一只想把天空挠出血痕的山雀

凭着风,这失落的一角
替我野起来
高于别在苇秆上的蜻蜓和月亮,高于茫茫芦花

像被命运凌空抛起
第一次破胆,第一次俯瞰,第一次不急于从事件中
找到
合适的落点

绕 行

牛背上满坡游逛的孩子不是我
它用坚硬的犄角
将我掀倒在五岁,黄土路的弯道;骑在父亲脖子上
看猴戏的孩子不是我,他顺手甩出一个耳光
扇破了七岁
窗台上,流光溢彩的肥皂泡

泪水告诫我,世间需要绕行的
除了狼外婆,还有水牛和父亲。像绕开山梁,包括山的壮硕
山的沉默
山轮廓不清的灰影子

水牛也会围着病中的牛犊
在牛栏打转,父亲也会寄回亲手挖的虫草
屠宰场上,工人一次次举着水管捅进牛胃;饭桌前,父亲眼中
一次次燃起火苗,重塑他的林场……

我将如何绕行
我分明听见,山在风中呜咽

辑三 坐在屋顶听风

斯卡布罗集市

皮镰生锈了,香草疯长
我要赶在天黑之前,接回那个满脸尘土的人

夜里坐在屋顶听风
白天打磨皮镰
去林中收割欧芹,鼠尾草和迷迭香

野旷天低,误闯前线的鸽子
没有返航。我的白衣裳,这鲜明的旗帜

越来越接近,惨淡的月光

暮晚书

树木有树木的执着
输光了叶子,仍一如既往把疑窦
抛向苍穹

牛羊有牛羊的倔脾气,朝着土地
俯下身子,在泥土的缝隙里搜寻所剩无多的草籽

灯火寥落
安慰着散落村庄的孤魂

野水塘

除了水草,什么都没有
你投进石子
便有了慌不择路的小鱼,有了想把事态闹大的涟漪

白云蹲在水底看热闹
你也是

蓝花楹

琐碎而宁静

天桥上,蓝花裙女孩先于我
与你久久对望。风一窝窝涌动,薄薄的裙摆
犹疑着

枝叶间落下的花瓣,比楼顶落下的人
轻很多

观猴录

从青绿的枝叶间探出头
轻手轻脚蹦下树,蹲在石阶,歪着脑袋

想再靠近一些
想摸摸它

直到对上它的眼睛
黝黑,明亮。那不可辜负的小眼神
逼退了我。我没有什么可以赠予——

没带食物
也掏不出比它更多的自由

青梅花

她埋头拾青梅花
姐姐攥紧拖杆箱拐过燕子坞时
她已兜了满满一衣襟

一个姐姐,带走了更多姐姐
她们脚下生风,再美的青梅花也留不住

她把花朵装在瓷碗,又换成玻璃罐
城里开不开细白的青梅花,枝头才是她们
最恰当的归宿吧

不两年,就到她了
汽笛声里,更多青梅花
落下来

咬

在井边淘洗
浓雾中采下的豌豆尖,水芹和新韭
咬青一词使我们内心明媚

更多时候,我们承受
被咬的痛楚:蚊虫,野蜂,蚂蟥,狗或者蛇

一定有什么每天小口小口地咬
直至被天狗整个儿吞服。我们嘴角
还挂着
月亮的笑容

雀子湾的松果

为了成为更好的自己
我们越走越远
回到雀子湾,只是偶然
与雀子湾的松果相遇,是偶然中的偶然

没有哪一种绽放,比它更接近结构严谨的佛塔
被好闻的松香安抚
仿佛自己,也拥有了某种信仰

松涛呜咽
我无力阻止风,只一次次躬身
拾起更多松果

柴楼上的秋千

稻草搓成的绳子,挂在柴楼的梁柱
外婆为绳索绑上木板,铺上棉垫。秋千飞上樱桃树

所有看似永恒的东西,都如朽蚀的稻草绳
轻轻一拉,就会断裂

外婆坐回堂屋的门槛,燕子从泥筑的窝探出头
秋千架上,无忧无虑的笑声飘上云端

那时我并不知道
时间会带走外婆,燕子窝会放空,秋千会散架
被扔上暗无天日的柴楼

春火车

远方是你的庙宇,火车是我的禅房
我将在此
修行。摘除逆鳞

我不该瞥向窗外
三月不适合入定。千万朵油菜花裹挟着春天
呼啸而来

清 明

我唱"马兰开花二十一"
你用竹枝,刮去我布鞋上的新泥

篮子里装满清明菜,白叶子毛茸茸,小黄朵软乎乎
洗净,切碎,揉面

小雨初歇,清明粑又出锅了
心清目明,你坟上的草更深了

白鹤嘴的初夏

男人扶犁赶牛,妇人们埋头插秧
偶尔直起腰
像几只高贵的鹤

妹崽把鹅撵下塘,顶着荷叶,踮脚跑过湿漉漉的田埂
捉蝴蝶去了
风开始翻书,满枝桑叶哗啦啦响

时间在白鹤嘴收拢翅膀
竹蜻蜓般易于掌控。躺在草丛,我是朵懒散的蘑菇

小蚂蚁不管不顾
顺着一架燕麦梯子奋力爬向天空

老 龟

叔公拾废品多年。除了枕头下
皱巴巴的存折,他放不下的,还有只老龟

每天,叔公都要探探它的鼻息
再用清水
擦洗它废品般的脸

叔公食量越来越差
他搬来条凳,盘算着掐一把香椿芽

椿树下
老龟贪睡如死神

九 月

河流顺从岸滩,芦苇顺从风
红蜻蜓的翅膀顺从远方,梨涡顺从笑容
镜头顺从我们

九月啊,我们顺从神赐予的美意
万物顺从落日的光辉

天主教堂

跪伏在地,像一只坏掉的老钟表
觅食的鸽子避开她
排着队去忏悔的人绕过她。只有小女孩挣脱母亲的手
蹲了下来。阳光中,薄薄的纱裙多么像翅膀

耶稣正在壁画里受难
他看不到教堂外那个小小的侧影:恬静,肃穆
替代着天使

栈 桥

解散马尾,摘下纱巾
如同放开了块垒和羁绊

跟随海,阅读海,倾听海
海沉静时,我是蓝色的;海欣悦时,我是白色的

我怀疑着很多事物
第一次遇见海,我就心甘情愿
做了它的信徒

我们去看稻子吧

穿过农舍,鱼塘,紫红的木槿
抵达金黄的稻田。像只狡黠的麻雀,你漫不经心
啄开一粒稻谷

我在你面前停了下来
稻草人一样停了下来

那么多稻田,我只记得黄鹿镇的,那么多稻穗羞涩地低着头
新娘般等待收割

藏 谜

雪山镇守着高原,酥油灯
照耀着万物。劳作,歌唱,祈福,生殖,祭祀
日常图景
加重着尘世的分量

经幡之上,布达拉沐浴着神光
老阿妈的手有多慈祥,小羊羔的眼神就有多迷茫

时间软壳

踩着咯吱咯吱的积雪
仿佛一个人,在尘世阅读诗行
我喜欢静静聆听
指针搬动,光线腾挪,万物在自我轨迹中运转
旋律恩慈,自省,偶尔呈现尖锐的棱角
那是被割裂的镜子
不时用疼痛发出灵魂的颤音
我相信句子的两面性
相信它柔软的部分来自月亮
来自梦中的歌莉娅。来自歌莉娅被泉水清洗过的歌声
而领受如星芒点点,有的在眼里
有的在心里

卷 尺

就这样一条道走到黑吧
蔓生植物,就要有蔓的秉性,柔软,坚韧,紧致,缠绕
小小的执拗

狭小的房间里,灯火是多余的
我们顺应,以获取相对饱满的弹性,刻度是必要的距离

那是氧
刚刚够我们自由呼吸

分手信

木槿开了,扶桑也开了
邮差挠挠头,他读不懂花笺上的小语种
也不明白,两种气息相似的美,为何不约而同
拒绝了香

阳光还在窗玻璃上徘徊
绒花树下,戴老花镜的婆婆已备好针线
浆洗过的被面,破洞的蚊帐,钉子划伤的裤腿儿
很多活计等着她

当然,里面不包括
闪电撕开的天空,豁口的塘堰,漏风的墙体
字里行间
决裂的语气

屋檐下

围坐在红漆剥落的方桌前
我们说说笑笑,把煮洋芋倒在筲箕里
剥皮,吹凉,蘸上辣酱

窗外有时是雨
有时是风
五只燕子总是早早回来
挤作一团。路灯下,泥筑的窝发出橙色的光

门前的老杏树

顺着风,几朵杏花躲进了门槛上
外婆的白发。杏子青了,外婆慢悠悠去疏果
杏子黄了
外婆忙慌慌追雀鸟

班车喇叭响一次
她就朝公路方向望一次

杏树旁的合影,人数总也凑不齐。这一年
缺席的是外婆

后山的柏树

从后山摘下灰绿的柏树籽
毕毕剥剥，大把大把嚼碎，皱着眉头咽下
咳得严重时
外公都用这土法

他走后，外婆再不上后山
把舅舅剐回的柏树丫
小把小把挽好。她愿意听灶膛里上好的引火柴
毕毕剥剥
舔舐着锅底

四十年光景，裹进浓稠的雾汁
直至旧坟搀着新坟。柏树苍翠，隐有声响传出
毕毕剥剥——

那是风在摩挲
那是时间，在奔涌

告 别

风拂霜发。望着山梁的苞谷
田间的稻米,河畔的桑树,像是一种告别

不再背太阳过山。鸡鸭鹅叫声
此起彼伏,仿佛一种陪伴。她被需要,是有用之人

痛,从四十年前就开始了
风瘫两年,她奇迹般起身,撑起倾伏的梁柱

疼痛加剧。神一样
供奉着的土地,总也给不够合理的答案
总有跌不完的跟头等在前方
最后一跤,从床上到床下,丢开拐杖,她再度俯首于宿命

她决心喊出所有的痛,而眼皮越来越重
还有些面孔正辗转途中,未及咽下的那口芋头粥
是句温热的遗言

火车窗外的白鹤

掠过苦楝树,柳林和大片油菜地
三只白鹤停留在水塘——
追逐,耳语,啄食,小跳

最小那只,是我的女儿
她反复弹奏 a 小调舞曲
她刚在蒙族舞里,结束一串漂亮的侧手翻
她与绿山墙的安妮亲如姐妹
哦,她羞于提及自己的脸是蛋壳做的
一捏,就碎了

山高水远,朝着三个方向
三只白鹤振翅飞离,火车的轰鸣咽下了电话里
细小的哭腔

今日天气晴好
愿上天为她的泪滴倾注阳光

少女阿乔

萤火虫漫天飞着。被虫鸣蛙声包裹
晒场是个小小的王国。从城堡般的晒席筒钻进钻出
一年又一年
少女阿乔
就要离开炊烟寥落的村庄

她抱膝坐在晒席上
白皙的小腿歇满了墨蚊儿。墨蚊般安静嗜血的事物
纷纷从山外跑进脑海,未知的恐惧
令她冷汗涔涔

暮色中,苞谷担子把父亲的背影压得愈发佝偻
这让阿乔
又平添了几分勇气

昭觉寺车站

完美的拐弯后，班车稳稳停靠
仿佛飘在云端的尾音，找到了准确的落点
高架桥下，成群结队的班车
在细雨中闪闪发光
它们将载着我和更多的我去重复或开始
有意义
但无具体意义的生活

铁轨上静坐的女人

她拥有过比铁路边夹竹桃
灿烂的爱情。经由她,那个人无数次抵达
自己想要的前程

捻动几片夕阳的碎金
她最后的财产,很快也会消失在暮色里

铁轨是架往天空的梯子
她将成为
真正的枕木

车厢里的棉

从硕大的旅行包找到饭盒
倒出剩饭,拌上猪油炒过的咸菜,就着开水
细嚼慢咽

扔完垃圾,座位被疲倦的妇人占据
犹豫间,男人一把揽过她

在白云堆里做梦那么久
皮肤还那么粗糙。拢拢她鬓角的白发
男人从后腰握住她的手,像握着乌鲁木齐今年的新棉

洋芋花

从未想过,朴实敦厚的洋芋
也有过如此蓬勃的青春,那么多白星星在山洼里
一起闪烁

母亲生来就是母亲的样子
在地里挖洋芋,在河边洗洋芋
在厨房切洋芋

那天,我看见更年轻的母亲
束着马尾。一朵清秀的洋芋花,开在泛黄的相册里

蚂蚁与迷宫

余霞满天,女儿蹲在梨树旁
等待列队开拔
前来闯关的蚂蚁兵团
蓝图上,她用麻将砌成九曲回肠的迷宫
端来陶罐,沿途点上蜂蜜……
兵团迟迟未至
她从凤仙花丛捉来的两只蚂蚁
一只扎进蜜糖堆,另一只在迷阵里兜兜转转
暮色渐浓,女儿拽着我
绘声绘色描述军情
丝毫未察蚂蚁的生活轨迹已被修改
而她何其幸运,尚未被宿命之手捉起
放进自己的迷局

豆 娘

洗好衣物,她仍挽起裤管
赤脚坐在溪涧

盖好石头
她放走无措的螃蟹;拨开草丛
她指挥小蚂蚁步步为营,爬出鸭拓草花萼
蛊惑的深渊

时光缓慢,鸟声翠绿
云朵在水中舒卷,那时她还没系上蓝围裙
还没历经相思之痛,生育之痛
操劳之痛

那时涧旁蛱蝶般翻飞的豆娘
迷恋着缎面舞衣,还没觉察自己的名字
有着母亲
才有的温婉与端庄

陶艺课

一块泥坯的无限可能
在女儿的掌心
显山露水。均匀的转速里,它还将获取自主的方向
风过桂花树。陶艺课上
我白纸般的女儿
正潜心摸索,塑造,打磨,雕琢
她命运的操作台
已在幽芳中悄然启动,绕过无数思维分叉的小径
伟大的器物即将诞生

高粱地

然后博弈——
鸡蛋碰石头,挑山填海;而后妥协
就像高粱听从风

推开药罐,他挣扎着离开床榻
抛下野生的自尊
为着孩子,为着快要断炊的灶台,她咬破嘴唇

再不复那时的天高云淡
她籽粒饱满,十里八乡最俊的一株,同众多高粱棵
齐齐摇曳

再没有那样蓬勃的九月
彤云密布的高粱地,她被吃了豹子胆那个人
轻轻摁倒

霜 降

月亮不顾一切的白
给了她勇气
仿若救命稻草,可以清算过往,刮骨疗伤

灯影绰绰,她找到了突围的路
狗叫声,脚步声,哭声,渐渐弱下去

粗食淡饭,深居简出
不再需要谁,拨亮眼中的灯火

她还是怕,怕霜色的月光
怕撕心裂肺的哭声
那哭声来自她的婴孩:一朵花,结出不合时宜的瓜

秋夜里
她紧紧咬住被角

金山寺

银杏是黄金的雨滴
法梧是小骨头的狂欢。紧紧羽绒服
埋头,又攀上几级台阶,被寺庙层层裹紧的山
应是被菩萨
反复祝福过的

不上香,不敲钟
慈寿塔檐的风铃有时被风碰响
有时被雀鸟的翅膀碰响,我迷恋这天际的清音
类似于某种召唤

远处,塔影湖上
几只野鸭时而凫水,时而潜游
芦苇轻轻晃动。一个下午,就这样过去了
一生
就这样过去了

辑四 她在废墟种花

叙利亚,盲童在歌唱

仿佛大马士革城经受了什么
那些飞翔的种子就能
填补什么。她在废墟种花,她将拥有整座花园
她久久仰着头
花朵朝着天空喷薄——

神在那一刻降临
附身于世上最小的花匠

星 星

清醒的夜,空寂的山路,纯粹的照耀
没有更好的安排了

跟着你兴奋地指认
北斗星,天狼星,猎户座,大熊座……

对于星星的户籍身份
我素无研究。但你捉住我的手,最温暖那颗
已尽在掌握

雪 路

一夜之间，厚厚的积雪堆满院落
我不敢踩上去。这神赐的礼物，多细小的声响
都是唐突

小心翼翼，诚惶诚恐，患得患失
最精致的爱情，正是如此

但最好的爱情
是二叔拿起扫把，为驼背的二婶从围墙到山下
默默扫出一条回娘家的路

名 字

春雨过后，就是花朵的天下了
田埂上星芒闪烁，结伴前来割草的少年
每一次
背篓都满满当当

扔下镰刀后，他们中的大多数离开这里
先洗去身上的泥腥味，再一点点撕下泥腥味的名牌
胖虎，大壮，二满子……

回眸已是中年
田埂上，碎玉蓬勃如初

他蹲下来，对照文献，虔诚地唤出一群陌生的学名
婆婆纳，繁缕，卷耳，毛茛，堇菜，泽漆
看麦娘，葫芦藓……

有 寄

深入过樱桃,也丈量过芭蕉
最有发言权的麻雀,默默攥紧树枝枯瘦的线条

五脏俱全与幅员辽阔
家的小愁绪,国的大悲悯
妄谈什么
春天已经过去

你不舍昼夜描画着樱桃与芭蕉,而远山
落满了积雪

母亲与蜡梅

蜡梅树下
母亲伸出皲裂的手指,小心翼翼
靠近新出的骨朵

风在战栗。那一刻
她飞上枝头
被光线抚摸,花瓣近乎透明

我需要这鹅黄,这明媚,这暖。这若有若无的香啊
默默贯穿,我的一生

弧　度

砍掉金色的头颅
留下齐整的稻茬桩，需要九十度的敬意

那是镰刀折弯自己的弧度
那是手握镰刀的母亲，弯腰的弧度

攥紧稻穗，朝拌桶摔打
母亲的汗水滴在我身上，谷粒蹦跶在我身上
我提着一串蚂蚱，在稻草堆做梦

我伸胳膊展腿，还没意识到需要拿捏
向生活
折腰的弧度

槐树开始下雪

日影瞳瞳。现在是槐花时间上午八点
她心里喊妈妈妈妈
刺槐就一朵接一朵开花

她怀念妈妈的味道
槐花蒸蛋,清炒槐花,槐花饭,槐花糕……
那细碎的
有温度的香

踮起脚尖试了试,够不着
跳起来还是够不着
她埋头踢石子,石子瞄准了浓荫间弯弯的羊角辫

她选择遗忘。多么善解人意的风啊
现在
槐树开始下雪

小 寒

人间至苦，莫过于把视若珍宝的小神
扼杀于腹中
菩萨身上覆满灰尘

山门外，面色惨白的妇人
埋头堆一个很小的雪人，她堆得那样用心
仿佛他即将伸出双手扑到她怀里

更多的雪落下来
更多香客，从山门外涌进来

含羞草

轻轻拿手指点一下
叶片便快速闭合,再点,下一枝也快速闭合
像是训练有素的表演
像是取悦
我越点越欢,所有叶子都蜷缩起来

那画面来自《辛德勒的名单》
德军拿枪口指点着犹太区
一个穿红衣服的小姑娘避开人群
闪身跑回居民楼,她跳进箱子啪一声合上盖子
整套动作行云流水
多像是取悦
多像一枝训练有素的含羞草

我们都以为含羞草快速闭合叶子
是因为害羞

萤火虫

萤火虫军团浩浩荡荡
出现在夏夜,收割着成群的赞美和誓言

它们与蒲扇有关,与葡萄藤有关
与老掉牙的故事有关
它们曾被放进透明的瓶子,空心的葱叶
那微光
有着慰籍的力量
那是我不配获取的力量——

躺在凉下来的晒席上
我曾一把捉住路过的小灯盏
在那只红头萤火虫经历漫长的捉弄后
我尝试掐灭那盏灯
这秘密
只有月亮知道……

数算我童年
犯下的种种罪孽,最耿耿于怀的就是那盏灯
在被我彻底掐掉后,还执拗地
亮着

小 雪

应该没有
收悉,来自初雪的亲吻
她正在一则不起眼的网络新闻里
遭受暴力
眉眼模糊,但伤痕清晰
她在湖北,广东或者四川
是某一人的妹妹
也是我们所有人的妹妹
她叫微微或者默默
但我更愿意从历书里翻出来一个节气
作为她的生日
唤她小雪,小雪——
我想每年至少有那么一天
天空会没完没了,分发给她
细小的善意

口 琴

所有仪式都结束了
最后放上的,是一把带着体温的口琴

墨绿的盖板,边缘处
漆皮已经脱落
父亲的心爱之物,也是他们整段童年的亮色

暮色吹熄了橘园里,所有的灯盏
人间静穆——
一把堵住琴孔的口琴

兄弟俩一个点烟,一个叼着烟嘴
凑上去。籍由这微光,两个孤儿,交换了眼底
不为人知的悲伤

姐 妹

匍匐着叩问土地，匍匐着祈求菩萨
大脚步伐泼辣，小脚步履谦卑
从菜地到灶台，从集市到庙宇，她们想踩实脚下的江山

没有人向我转述，她们最好的时光
哪怕一天
作为花朵过活的样子

她们从不怀疑土地
也不怪罪菩萨
顺应着被称之为命运的寡居，贫穷，操劳，病痛

搀着她们枯瘦的臂膀
走在机耕道上。这是八年前正月初三的上午，油菜花喷薄而出
这是两姐妹：我的外婆和姨婆
这是世上所有的信女——

她们走得那样慢
这是她们一生中难得的空隙；我搀得那样紧
这是我一生中，最好的时光

母 亲

最安全的寓所,即将坍塌
被一纸诊断书裁定,不能出生的孩子
还在腹中安睡

谁也不忍掐灭
医院里,一个女人的哭腔——

她将向何处倾泻太平洋般
浩瀚,幽蓝,汹涌又温柔的爱的海水

想起小时候爬树碰翻鸟巢
黄黄的蛋液淌了满地,我也曾欠下一个安慰
给那空枝上
被剥夺身份的母亲

疯女人

捉虫,浇水,修枝剪叶
用眼神
拔去花梗上的小刺。她挪用整座尘世作为后花园

有时她停下活计
对着影子,东家长西家短嘟囔个没完
有时她抱住膝盖蹲下来
咕咕地笑。春光倾泻,时间如同一小段忘记氧化的铁栅栏

此刻,她是花园里最烂漫的一枝

听 海

海水顺着电话线漫卷过来
脚背湿漉漉的。裙角在昏暗的路边摊
白得坦荡又无知

我也是浪花中的一朵
被命运推动，冲锋，追赶，跌跌撞撞
几次三番
被礁石拍成齑粉

电话里奔涌着我配不上的时光
你说海哭了——
听见了呢，那哭腔如同烤串上漫不经心的辣椒
轻而易举
戳中了泪点

麻 雀

褐色的纽扣
散落草丛。当它们安上翅膀
向着稻田，山野，向着视线不能企及的远方
焰火般
冲天而起

你暗自揣度
脱离那些漂亮衣裳，需要多大勇气
目前你还是粒纽扣。规规矩矩，被扣眼束缚

在挺括的外套上

西湖听雨

每滴雨都是一枚音符
谋篇布局,疏密有致。温柔时可细品
缓慢的中年况味
激昂时可尽拾急促的少年意气

——这云朵的曲谱

如果把音符具象起来
一匹水将如何描绘:
涟漪以圆圈之笃实,树影以曲线之委婉
气泡和水涡
是更为立体的表达

雨滴以自我消解的方式
恰到好处,结束了漫长的补叙

想听懂云朵的一生吗
请腾空内心的房间,若以西湖命名这水
你还能舍弃更多
就连那桨,那竿,那橹……

鹅蛋勋章

性别：男。长年在乡下
外婆的身份证并无实质意义
谬误作为谈资
时间长了，那个粗犷的名字便无人再提

外婆养鹅多年，上交的种蛋
需要备注主人姓名，能孵出宝宝的
老板会支付三元

隔段时间
她便端出一筲箕鹅蛋
让我做上标记
大脚，泼辣，走路生风，骂街如擂鼓
外婆配得上一个男人的名字

扶着硕大的玄妙天体
我端端正正写下：
王传胜。每写好一个
外婆就接过去细细端详，仿佛每个鹅蛋
都是勋章

养马峡的白马

避开它的眼神
马厩前,我轻轻牵起缰绳,在同伴示意下
挤出璀璨的笑容

白马英气十足
镜头里,我的白衬衫率先与它
达成默契
再近些,抚摸它脸颊的手掌握满湿漉漉的鼻息

我希望它与旷野终其一生
互不得见。驮着孩子或者女人溪涧缓行
千万次
拓下昨天的蹄印
而更深露重,没有人能阻止它的仰望——

夜空辽阔,草料场
漫无边际。养马峡星星硕大,没有脚蹬,肚带,马鞍
没有缰绳

暹罗斗鱼

买下它。为它准备玻璃缸
用粗砂,浮萍,金鱼藻,贝壳,竭力还原
它的生活

这孤独的斗士。对我精心布置的房间
置若罔闻,它漫无目的围绕逼仄的领地往复游动
把明亮的蓝尾巴扇子一样
展开
又收拢……

我不知道风浪如何布置
后来我布置了精致的葬礼,强烈的悲伤……
这些
它也不能知道了

它至死都不清楚
自己有多美,不清楚无知的爱
充满危险

冬天的树

核桃树,杏树,李子树……
空空的枝子
并不能触发我的悲伤——
每年有很长一段时日,众多个头饱满的果实
会吊着它们的膀子撒欢

我紧紧搂住迎出院落的母亲
并非因为她的发色
愈发接近霜。作为只被允准结出一枚果子的树

她显得
过于孤单了

击 水

水边,老宅摇摇欲坠
推土机开过来时,你松开了握紧的拳头
棍子哐当落下

无力回天。你回身望水
多少人在水里洗衣。洗剑。洗个人史。
洗罪。
水都允准——
此时,它沉默地顺从夕阳
披上荒谬的红衣

血丝在眼睛里燃烧
你抄起棍子,像对着怪物推土机
对着水
狠狠一击。身体瞬间抽空

你缓缓收回棍子。你看不见水的眼泪也看不见
水的伤口

葬 礼

母亲咽气后,他一步一磕头
去请她娘家的宗亲叔伯
参加葬礼。荞麦地,松树林,冬水田,起身与跪拜之间
他看见童年的母亲,青年的母亲,暮年的母亲
窄窄的小路
几乎就是母亲蜿蜒的一生

他还不清楚最大的悲哀不是死亡
不清楚贫穷,具有摧毁一切的力量
他信书本
书上说,人非草木——

跪在坟前,说起他的奋斗史
圈子里越来越多可以在葬礼现身的人物
说起当年他披麻戴孝的身影
扑进叔伯的眼睛,说起那个人仓惶进山避而不见的狠绝

他仔细摘去坟冢的刺藤,他恳请母亲
再死一次

父亲,新米与省略号

只有时间知道,旧笔记本上
残句省略的是什么

米粒从指缝缓缓漏下
光芒莹润。那是参加工作第一年,父亲送来新米——
他放下蛇皮袋,擦把汗,拍拍我的肩膀
转身离去时
腰板挺得笔直

几个词作为梗概
留在笔记本上,多年来未能成文

我们都不擅表达,把酒作为纽带
只有在孩子咿咿呀呀时,几声温柔又生动的附和
能中和这沉默

窗外,父亲追着更小的我
满小区晃悠,驼背的弧度,越来越接近熟透的稻子
他很久没念叨秧田了
护着小孙子,像护着刚栽下的秧苗

像是一种挽留,我急于补救
只有我知道那些残句,省略的是什么

百草枯与柿子树

看动画片,吃雪糕辣条
坐在柿子树下,等着被甜蜜砸中
他童年的破绽
是"妈妈"。每次谈论都是猎奇,没人避讳过他
"他妈妈是喝百草枯死的"
半岁起,他就接受着这样的履历

妈妈不是终结者
百草枯,也不只瓶子里那种
他还不会质问
为什么不再挺一挺
"给你时间后悔,不给任何机会重来。"
过些年,他可能会作为医生,记者,亲属
这样去定义百草枯

他今年九岁
还不太能理解拿命下注的妈妈
不懂如何原谅成长路上
她漫长的缺席,甚至也没有照片可供想象
他只是守着她栽种的柿子树
等开花,等结果
那明亮而温暖的红将被他命名为妈妈
看,她的心肠多软呐——

画 蝶

最小的飞行器
也有精密的细节。两翼原始森林般
叵测的脉络,可供迷途

勾勒好轮廓,陪着女儿上色
那蝴蝶歇在花间
几近透明的翅膀在她笔下扑棱着。我涂抹的那只
规矩,沉重,呆滞——
种种教育
来源于生活

女儿凑过来,不断蘸着清水
晕染,中和,直至其完全卸下重负
暗香涌动
有什么,就要发生

断 桥

云朵在波光里穿梭

倒影各表一枝,在断桥下
短暂相遇。我低头细品瘦字的两种写法

你以窈窕
保俶塔以风骨

在镜湖

天赋极高的画家
整天整天
勾勒着波浪线。一万条波浪线
都是同一条:荡漾,温柔,彬彬有礼
路过落花
便默默护送一段

风云搅动。这无形的汹涌
与一只绿头鸭无关,只需春风一到
它的牧场
便天宽地阔
这心驰已久的生活——
云朵只是飘浮,垂柳只是抚摸

我顺从着莫测的光芒
却始终无法模仿
任何一条波浪。绿头鸭只是闷头作画

我只是
镜湖的不速之客

而祖母只是一个名词

父亲越是三缄其口
我的想象越是信马由缰。她在窗下绣蔷薇
在河边里浆洗
她从围墙边摘下几片藿香叶
做拿手的凉拌鲫鱼。更年轻些,她学着我的样子将凤仙花捣碎
把绯红的汁液敷在指甲上

幼儿园门前
慈祥的老妇千人一面,攥紧那些粉嘟嘟的小手
鱼贯而出,汇入雨雾中的街道
我埋头打着腹稿,虚构一位祖母

来疼爱我

想起那只猫

那只猫愈发爱蜷着。浓荫里,门槛前,灶台边
背对阳光,我鼻头微微泛酸

滑过它皮毛的手
粗糙,迟缓,斑点深褐,变成枯枝的速度
几不可察。那指尖曾飞针走线
在绣绷上翻飞……

它蜷作一团,像樱桃树叶背面的瘿瘤
时钟也蜷着,在漆皮剥落的墙面,在越堆越厚的灰尘里
无比慵懒

揉揉湿漉漉的眼眶
对着虚空,我伸出犹疑的手

斗 草

梅林里的一蓬骨节草
令我玩心大起,指挥女儿撸下一大把
选粗细相当的对折,交缠,各执一端。两股角力暗中较量
不时呈胶着状

总有一方要败下阵来。

更粗壮有劲的那根
关节处几番磨损,边缘已开始破裂。咯嘣一声
像一根绷不住高音的弦
像母亲——
骨质疏松,行动迟缓。衰老,总是无声无息的

不懂的越来越多
戴上老花镜,听凭我教她开电视选频道
发朋友圈,网上购票
在地铁站换乘,她任由我搀扶
乖得像个孩子。她再不干涉我的穿搭、饮食、工作、志趣……

麦芒和针尖达成和解。

女儿埋首掌心的青绿

扒拉着趁手的武器。握着赋予我荣誉的骨节草
摩挲着它的伤痕,我迟迟不舍得
扔下

采 薇

扒拉着新摘的野豌豆尖
凉拌,清炒,晒干蒸扣肉。都是她拿手的
阳光抚摸着白发,她坐在门槛
春天美得惊心动魄

空山寂寂,予求予取。野豌豆藤朝着山腰攀爬
胖乎乎的顶芽
轻轻一掐,便成囊中之物

早些年,闺女小子身前身后跑
摘来野豌豆花串挂在颈间,把坚硬的野豌豆当子弹

更早前,他把豆荚去掉一角
在她跟前炫技般
吹出好听的小调。她埋着头,嘴角的笑意
小东风般软糯

她没听过杨柳依依
雨雪霏霏。历经无数次采摘,她也不知薇为何物
不知薇字
写出来有多美。反正啊,一到春天
她就挎起了篮子

那么多的棉

开在天空是云,开在田里
便是棉了。棉田太宽了,棉花太多了
小云姐很满意

她手脚麻利,一天可摘一百二十公斤
她肯吃苦,腰弓成弦月
手指划出血痕,也不皱眉头

小云姐不爱花
想不通炸开的棉桃和着枝干修剪
身价为啥就蹭蹭上了天。她没工夫去望天上的云
想名字里的云:
虚无缥缈,骨肉离散……

她停不下来
三个指头一撮,便从花房揪出一团云朵
具体到起好地基的新房,儿子的学杂费和羽绒服
她的速度,还能更快

棉花那么白,那么软
一朵朵堆起来,就要和天上的那些
连成一片

废纸篓

承袭了树洞的全部美德
幅员辽阔的嘴巴
率先作废。它整夜整夜抱着那些秘密

被涂抹,描黑,删改
被揉皱,被团起,被挤压
被攥出汗

总有碎钻的光芒
力透纸背
失败者的秘密,根本藏不住——
递出花束,还是张开大海般幽深的怀抱
废纸篓束手无策

它已不习惯发声
它望望头顶,星空整页整页
布满泪点

裁缝铺

逼仄的楼梯间也派上了用场
几个塑料袋被边角料
撑得鼓鼓囊囊。剪刀啦,纽扣啦,顶针,皮尺,画粉饼
在生锈的铁盒子里横七竖八躺着

没有一丝风
埋头踩缝纫机的人额头汗珠细密
两米开外,骄阳下的闹市区,红男绿女如过江之鲫
那是被他裁剪掉的生活

缝纫机不厌其烦
嗒嗒嗒嗒嗒,嗒嗒嗒嗒嗒,嗒嗒嗒嗒嗒。我绞尽脑汁安排情节
但是没有呢,没有孵化童话的温床

裁缝铺里没有慢节奏专属
那种笹箩

绣 蝶

腿上粘满花粉,姨婆绣布上的蝴蝶
比真正的蝴蝶还要生动几分,姨爷爷走后
她就不怎么绣了

姨爷爷是被偷偷爬出屋顶的炊烟
出卖的。孩子们还没吃到嘴里,生产队的传唤
就进了家门……
一句话没留,他便在月光的陪伴下
把自己挂上了树枝

姨婆放下筐箩
侍弄家禽家畜,长年累月躬身
在地里刨食。羽翼渐丰的蝴蝶接连飞出屋檐
一个也没有回头

村里调解赡养纠纷,除了少量玉米谷物
她还要求了每年三斤白糖。一辈子也没飞出名堂的蝴蝶
再也飞不动了
躺在没有亮瓦的小屋

她想念着那些绣布
她需要爱,需要甜蜜来佐证人间
还值得

八 年

油菜花在屋外点染万顷黄金
外婆撑着西厢房的柜盖,同我讲起仙娘婆
泄露的天机:

"说我还能活八年——"
她伸出枯瘦的指头,神神秘秘比出一个八字

生平第一次听人若无其事
谈及自己的死亡
我呆若木鸡。动用脑海中的橡皮擦
擦去恐惧,擦去荒谬之余像打地鼠游戏里不断冒头的那种
将信将疑

走在田埂上,璀璨的花朵
总让我想起那一刻
外婆风轻云淡的笑。我下意识埋头掰着手指推算
牵着外婆的手离开的是哪一个

第九年